CW01507431

Y DYN A BLANNAI GOED

Jean Gion

addasiad Cymraeg:

Martin Davis

Argraffiad Cymraeg cyntaf: 2004

Cyhoeddir yn y Gymraeg drwy drefniant â
Peter Owen Publishers,
73 Kenway Road, Llundain SW5 0RE.

Cyhoeddwyd yn Saesneg yng ngwledydd Prydain yn 1989
hawlfraint testun © Chelsea Green Publishing Company
hawlfraint lluniau © 1985 Michael McCurdy
hawlfraint ôl-nodyn © 1985 Norma L. Goodrich

Rhif Llyfr Safonol Rhyngwladol: 0-86381-940-0

Cyhoeddwyd gan Wasg Carreg Gwalch,
12 Iard yr Orsaf, Llanrwst, Dyffryn Conwy, LL26 0EH.
Ffôn: 01492 642031
Ffacs: 01492 641502
E-bost: llyfrau@carreg-gwalch.co.uk
lle ar y we: www.carreg-gwalch.co.uk

RHAGAIR

gan Twm Morys

Pan oeddwn i'n byw yn y Mynydd Du yn Sir Frycheiniog, mi werthwyd hen hen dŷ yn ymyl, sef y Pant, i bobol ddiarth, a'r tir i gyd i'w ganlyn. Ar dir y Pant roedd y coed derw mwya' gogoneddus welsoch chi erioed, nid y cewri y gwnaed hen longau Lloegr ohonyn nhw, ond y brîd bach praff sy'n tyfu ar ein bryniau ni, y coed fu'n gestyll i'r Cymro rhag Sais a Norman, a'r coed fu'n gysgod i lennyrch sanctaidd y Brython.

Y peth cynta' wnaeth perchennog newydd y Pant oedd TORRI'R COED DERW bron i gyd, am fod pris da iawn i'w gael am goed felly. Am yn hir bu'r llifio'n codi dincod ar ddannedd, a dwndwr y lorris yn mynd a dod, a gweiddi'r dynion wrth lwytho, a'r oglau llosgi wedyn, fel twrw rhyw fyddin fuddugol yn clirio ar ôl y gyflafan. Ffarmwrs mynydd digon caled a di-lol ydi Cymry'r Mynydd Du, ond barbaraidd roedden nhwthau'n gweld y peth hefyd, yr un fath â'r bardd anhysbys amser maith yn ôl a ganodd i Goed Glyn Cynon:

> Aberdâr, Llanwynno i gyd,
> Plwy Merthyr hyd Lanfabon,
> Mwya' adfyd a fu erioed
> Pan dorrwyd Coed Glyn Cynon.

> Llawer bedwen las ei chlog
> – Ynghrog y byddo'r Saeson! –
> Sydd yn danllwyth mawr o dân
> Gan wŷr yr haearn duon.

> Os daw gofyn pwy a wnaeth
> Hyn, o alaeth creulon:
> Dyn a fu gynt yn cadw oed
> Dan fforest Coed Glyn Cynon.

Efallai bod yn y Cymro hyd heddiw beth o'r parch cyntefig at goed, nid yn unig am eu bod yn ddeunydd crai mor werthfawr, ond am eu bod nhw'n dangos mor amlwg dreigl y tymhorau, a grym daionus natur yn y byd.

Dro arall, drwy ffenest fflat mewn dinas fawr yn Llydaw, bûm am hydoedd yn gwylio dyn ar ei bennau gliniau o flaen coeden eirin fechan a'i dail wedi gwywo i gyd yn yr ardd wag islaw. Mi gofiais i am y creadur hwnnw eto yn ddiweddar, wrth weld yr hen ywen ryfeddol ym mynwent Llangernyw, oedd yno eisoes, meddan' nhw, ddwy fil o flynyddoedd cyn geni Iesu Grist.

Ac mae fy ngwaith i wedi mynd â fi i ganol llawer coedwig ers hynny, yn amlach na heb yng nghwmni plant. Difyr ydi eu gweld nhw yn rhyfeddu wrth glywed mai dail y coed sy'n gwneud anadl i ni, a bod un goeden dderw yng nghanol y goedwig yn fyd ynddi ei hun, yn cynnal cannoedd o wahanol fathau o drychfilod ac adar, a phob un â'i iaith ei hun, fel petai. A gwefr ydi gweld y plant wedyn yn troi'r rhyfeddu yn iaith:

Yng Nghoed y Felenrhyd
(gan rai o ddisgyblion Ysgol Eifionydd)

Ar y bore gwlypa' erioed,
Roedd 'na fwsog yng nghesail y coed;
Roedd 'na lofrudd coed rhododendron
Lle lladdwyd Pryderi gan y dewin Gwydion;
Roedd 'na bont fel hanner ceiniog
I groesi o Harlech i Faentwrog;
Roedd 'na hen goed derw mud,
Yn gwybod pob peth, ac yn dweud dim byd;
Roedd hen Afon Prysor hefyd
Yn boddi o hyd yn nŵr afon Dwyryd;

A mes fel bomiau hyd y llawr
Yn barod i ffrwydro'n gewri mawr;
Roedd Coed Cadw'n cadw'r coed
Ar y bore gwlypa' erioed.

Allai Coed Cadw ddim bod wedi dewis gwell mesen, fel
petai, na'r stori orfoleddus hon am hen fugail sy'n troi tir
sych a diffaith yn iraidd eto drwy blannu coed ar ei liwt ei
hun. Mae gwers ynddi inni i gyd, yn unigolion, yn
gynghorau, yn llywodraethau. Ac mae modd dehongli'r
ddameg mewn llawer ffordd arall, wrth gwrs: plannu mes
iaith lle mae hen dderw'r Gymraeg wedi cwympo, er
enghraifft. Sylwch ar y lluniau gwych yn y llyfr sy'n dangos
y pentre'n dod yn fyw yn ôl o dipyn i beth, wrth i'r tir glas
newydd hudo pobol yn eu holau i'r ardal...

Mae cynllun Coed i Bawb wedi cychwyn eisoes, sef y
bydd coeden newydd ar gyfer pob un plentyn yng Nghymru
– a thrwy holl wledydd Prydain, o ran hynny – dros y pum
mlynedd nesa'. Gobeithio y bydd y llyfr hwn yn llaw pob
coedwigwr bach a mawr wrth blannu!

Twm Morys
Trefan
Medi 2004

OS ydych am weld cadernid mewn cymeriad dynol, yna rhaid i chi fod yn ddigon ffodus i ddod i adnabod y cymeriad hwnnw dros nifer helaeth o flynyddoedd. Ac os bydd y cymeriad dan sylw heb arlliw o hunanoldeb ar ei gyfyl, os mai bod yn hael yw ei gymhelliad pennaf, os gellwch fod yn hollol sicr nad bwrw bara ar wyneb y dyfroedd yw ei fwriad, a'i fod ar ben hynny yn gymeriad sydd wedi llwyddo i adael ei ôl ar wyneb y ddaear, yna, chewch chi mo'ch siomi.

Oddeutu deugain mlynedd yn ôl, mi fues i ar daith gerdded hir dros uchelfannau'r mynyddoedd mewn ardal oedd yn hollol anghynefin i'r twrist, y rhan hynafol honno o'r Alpau sy'n ymwthio i lawr i Brofens. Ar adeg fy nhaith hirfaith drwy'r parthau anial hyn, diffaith a di-liw oedd y tir. Doedd yr un dim yn tyfu yno ac eithrio'r lafant gwyllt.

Roeddwn i'n croesi'r ardal yn ei man lletaf, ac ar ôl cerdded am dridiau, mi gefais fy hun yng nghanol diffeithwch digymar. Dyma fi'n gwersylla ger olion rhyw hen bentref anghyfannedd. Roedd fy nghyflenwad dŵr wedi darfod y diwrnod cynt, ac roedd yn rhaid imi gael hyd i ragor. Er bod y clwstwr tai'n adfeilion erbyn hynny, yn debyg i ryw hen nyth gwenyn meirch, awgrymai eu presenoldeb fod ffynnon neu ffrwd wedi bod yno ar ryw adeg. Safai'r llond dwrn o dai di-do a'r capel bach â'i dŵr adfeiliedig, fel esgyrn wedi'u crafu gan y gwynt a'r glaw, yn union fel y tai a'r capeli a welwch mewn pentrefi byw, ond bod pob arwydd o fywyd wedi diflannu ohonynt.

Diwrnod braf ym mis Mehefin ydoedd a'r haul yn taro'n ddisglair, ond dros y wlad ddiloches hon, yn uchel yn yr awyr, chwythai'r gwynt gyda rhyw ffyrnigrwydd annioddefol. Wrth sgyrnygu dros sgerbydau'r tai, swniai fel pe bai rhywun wedi ymyrryd â llew mawr blin ar ganol ei fwyd. Bu'n rhaid imi godi fy mhac drachefn.

Ar ôl cerdded am bum awr, roeddwn i'n dal heb gael hyd i ddŵr a doedd dim arwydd y byddwn i'n cael hyd iddo chwaith. Yr un hen sychdwr, yr un hen weiriau breision, sychion oedd i'w gweld ym mhob man o'm cwmpas. Meddyliais imi gael cip ar ryw ffurf fach ddu'n torsythu yn y pellter. A finnau'n cymryd mai boncyff rhyw goeden unig ydoedd, dyma anelu amdani. Ond, bugail oedd yno, ynghyd â deg ar hugain o ddefaid yn gorwedd ar y ddaear grasboeth.

Rhoddodd y bugail ddiod i mi o'i *gourd* ac, ymhen y rhawg, aeth â mi i'w fwthyn a safai mewn pant yn y gwastadedd. Tynnai ddŵr – dŵr rhagorol oedd o hefyd – o ffynnon naturiol a dofn iawn. Uwch ei phen roedd wedi adeiladu winsh gyntefig.

Digon dywedwst oedd y bugail. Felly y gwelwch chi efo'r rheini sy'n byw ar eu pennau eu hunain, ond teimlwn, serch hynny, fod rhyw hunanhyder a sicrwydd yn perthyn iddo. Rhywbeth annisgwyl braidd yn y wlad ddiffaith hon. Doedd o ddim yn byw mewn caban, ond mewn tŷ go-iawn, wedi'i godi o gerrig, yn tystio i'w ymdrechion i adfer yr hen adfail y cawsai hyd iddo yn yr union fan pan ddaethai yma gyntaf. Roedd y to'n gryf ac yn gadarn. Sŵn tebyg i donnau ar draeth wnâi'r gwynt wrth chwythu dros y teils.

Roedd y tŷ mewn trefn, roedd y llestri wedi'u golchi, y llawr wedi'i sgubo, y reiffl wedi'i iro, ac uwch y tân ffrwtiai llond crochan o gawl. Mi sylwais fod y bugail wedi'i eillio'n lân, fod pob botwm wedi'i wnïo'n sownd yn ei le, fod ei ddillad wedi'u trwsio, a hynny mewn modd mor ofalus fel

nad oedd y trwsio i'w weld. Rhannodd ei gawl â mi, ac wedyn pan gynigiais fy nghwdyn tybaco iddo, dywedodd wrthyf nad oedd yn ysmygu. Roedd ei gi, mor dawel ag yntau, yn glên ac eto heb fod yn rhy ffèl.

Cefais ar ddeall o'r cychwyn cyntaf y dylwn i noswylio yno. Roedd y pentref agosaf yn dal i fod dros ddiwrnod a hanner i ffwrdd. Ar ben hynny, roeddwn i'n ddigon cyfarwydd â natur pentrefi prin yr ardal honno. Roedd yna bedwar neu bump ohonynt ar wasgar, yn ddigon pell oddi wrth ei gilydd, ar lethrau'r mynyddoedd hyn, ymysg drysgoed y derw gwynion ar ben eitha'r lonydd trol. Roeddent yn drigfannau i losgwyr golosg, a digon gwael

oedd yr amodau byw ynddynt. Teuluoedd a wasgwyd at ei gilydd, a hynny mewn hin y tu hwnt o hegar haf a gaeaf, heb iddynt ddihangfa rhag cyhenna parhaus gwahanol bersonoliaethau. Byddai pob math ar uchelgais gwirion yn mynd dros ben llestri yn yr ysfa anniwall i ddianc.

Âi'r dynion â'u llwythi golosg yn y troliau i'r dre, gan ddychwelyd wedyn. Byddai'r cymeriadau cadarnaf yn methu â dal y pwysau yn y fath laddfa ddi-dor. Magu eu cwynion wnâi'r gwragedd. Roedd cystadleuaeth chwyrn yn codi'i phen ym mhob dim, boed hynny'n bris y golosg neu'n gôr yn yr eglwys, neu'n ymryson ddiderfyn rhwng rhinwedd a phechod, rhwng y da a'r drwg. A thrwy bopeth chwythai'r

gwynt, yr un mor ddolefus ddiderfyn, gan rygnu ar nerfau un ac oll. Byddai yna adegau pan âi achosion hunanladdiad yn rhemp, ynghyd â'r gwallgofrwydd mynych a arweiniai'n amlach na heb at lofruddio.

Aeth y bugail i nôl sach fach, gan dywallt ohoni bentwr o fes ar y bwrdd. Dechreuodd eu harchwilio, fesul un, gan graffu'n astud wrth ddidoli'r rhai da oddi wrth y rhai drwg. Ysmygais fy nghetyn. Cynigiais roi help llaw iddo. Dywedodd wrthyf mai dyma'i waith o. Ac, a dweud y gwir, o weld y gofal a gymerai wrth ymroi i'r dasg, wnes i ddim pwyso arno. Dyna i gyd fu'r sgwrs rhyngom. Ar ôl rhoi pentwr go lew o fes o'r neilltu, dyma fo'n eu cyfrif fesul deg gan gael gwared, yn y cyfamser, â'r rheini oedd yn fach ac â'r rheini neu lle y gellid gweld rhyw fân hollti ynddynt, oherwydd dyma fo'n mynd ati drachefn i'w harchwilio'n fanylach fyth. Ar ôl dethol cant o fes perffaith, stopiodd ac aethom i'r gwely.

Roedd yna heddwch i'w gael drwy fod yng nghwmni'r dyn. Drannoeth, gofynnais iddo a gawn i orffwys yno am ddiwrnod. Roedd hwn yn gais hollol naturiol ganddo – neu, a bod yn fanwl gywir, mi gefais i'r argraff ganddo nad oedd

dim byd a allai ei synnu. Doedd gorffwys ddim yn hollol angenrheidiol, ond roedd gen i ddiddordeb mewn cael gwybod mwy amdano. Agorodd y gorlan gan arwain ei braidd i'r tir pori. Cyn gadael, dyma fo'n sodro'r sach oedd yn cynnwys yr holl fes yr oedd wedi'u dethol a'u cyfrif mor ofalus, mewn bwcedaid o ddŵr.

Yn lle ffon arferol, sylwais ei fod yn cario rhoden haearn trwch fy mawd a thua llathen a hanner ar ei hyd. Gan ymorffwys drwy gerdded, mi ddilynais lwybr a redai'n gyfochrog â'i drywydd yntau. Mewn cwm y gorweddai ei dir pori. Gadawodd ei gi i ofalu am y ddiadell fechan gan ddringo tuag at y man lle safwn innau. Roedd ofn arnaf ei fod ar fin fy ngheryddu am fod yn hyfach na'm croeso, ond nid felly y bu o gwbl. Y ffordd honno roedd o am fynd beth bynnag, a dyma fo'n ymestyn gwahoddiad imi gydgerdded ag ef os nad oedd gennyf ddim byd gwell i'w wneud. Dringodd i ben y drum, tua chanllath i ffwrdd.

Yn y fan honno, dechreuodd wthio'r rhoden haearn i'r ddaear, gan wneud twll lle y plannodd fesen; yna, ail-lenwodd y twll. Roedd yn plannu coed derw. Gofynnais iddo p'un ai fo oedd biau'r tir. Nage, atebodd. A wyddai pwy oedd ei biau fo? Na wyddai'n wir. Roedd yn amau hwyrach mai tir comin oedd o, neu efallai ei fod yn eiddo i bobl nad oedd yn poeni yn ei gylch. Doedd ganddo ddim diddordeb mewn cael gwybod pwy oedd biau'r tir chwaith. Aeth ati i blannu'r cant o fes, a hynny gyda'r gofal mwyaf.

Ar ôl pryd o fwyd ganol dydd, aeth ati i ailgydio yn y plannu. Rhaid fy mod i'n reit daer wrth ei holi, am wn i, achos fy mod i wedi cael atebion ganddo. Ers tair blynedd y buasai wrthi'n plannu coed yn y diffeithwch yma. Roedd wedi plannu can mil o fes. O'r can mil, roedd ugain mil wedi egino. O'r ugain mil, daliai i ddisgwyl colli tua'u hanner i'r llygod neu fympwyon Rhagluniaeth. Byddai hyn yn gadael deng mil o goed derw o hyd i dyfu lle gynt na fu'r un dim yn tyfu.

Dyna pryd y dechreuais ystyried beth oedd oedran y dyn. Roedd yn amlwg ei fod dros ei hanner cant. Hanner cant a phump, meddai wrthyf. Ei enw oedd Elzéard Bouffier. Bu ganddo unwaith fferm ar y tir isel. Roedd wedi cael ei ddydd. Roedd wedi colli'i unig fab ac yna'i wraig. Roedd wedi encilio i'r unigeddau hyn, lle'r oedd wrth ei fodd yn byw'n hamddenol braf â'i ŵyn a'i gi. Yn ei farn ef, roedd y tir yma ar ddarfod oherwydd diffyg coed. Heb unrhyw fusnes o bwys yn mynnu'i sylw, ychwanegodd, roedd wedi penderfynu unioni'r sefyllfa hon.

Gan fy mod innau yr adeg honno, er yn ifanc, yn byw bywyd ar fy mhen fy hun, deallwn sut i fod yn dringar wrth drafod enaid unig fel hwn. Ond, oherwydd fy mod i mor

24

ifanc, gorfododd fi i ystyried y dyfodol fel rhan o'm bywyd i fy hun, a'r cwest am hapusrwydd yn benodol. Dywedais wrtho, ymhen deng mlynedd ar hugain y byddai'i ddeng mil o goed derw yn edrych yn hollol wych. Ei ateb, yn ddigon syml, oedd y byddai wedi plannu llawer iawn yn rhagor a megis mesen ym mol yr hwch fyddai'r deng mil yma o'u cymharu.

A beth bynnag, roedd bellach yn astudio sut i dyfu a lluosi coed ffawydd, ac roedd ganddo fridfa i eginblanhigion a dyfwyd o gnau ffawydd ger ei fwthyn. Hardd iawn oedd golwg yr eginblanhigion hyn a oedd wedi'u gwarchod yn ofalus rhag y defaid gyda ffens weiren. Roedd hefyd yn ystyried plannu coed bedw yn y cymoedd, lle, meddai wrthyf, roedd yna rywfaint o leithder i'w gael, ychydig fodfeddi islaw wyneb y pridd.

Drannoeth, dyma ni'n ffarwelio â'n gilydd.

Y flwyddyn ganlynol, daeth Rhyfel Mawr 1914 a'm cadwodd yn brysur am y pum mlynedd nesaf. Prin bod gan y milwr troed amser i fyfyrio ynghylch coed. A dweud y gwir, docdd y cyfarfyddiad efo'r bugail heb wneud unrhyw wir argraff arnaf; hobi oedd y busnes plannu coed, i'm tyb i, fel hel stampiau ac mi anghofiais amdano.

Â'r rhyfel drosodd, dyma fi'n cael rhyw gildwrn bach wrth gael fy rhyddhau o'r fyddin, ynghyd ag awydd anorchfygol i gael anadlu awyr iach am sbel. Heb unrhyw ddiben amgenach yn fy meddwl, dyma fi unwaith eto'n cymryd y ffordd i'r tir anial.

Roedd y wlad heb newid dim. Fodd bynnag, y tu hwnt i'r hen bentref diffaith, cefais gip yn y pellter ar ryw niwl llwydaidd oedd yn gorchuddio copaon y mynyddoedd fel carped. A finnau newydd ddechrau meddwl eto am y bugail yn plannu'i goed, dyma fi'n ystyried: wel, mae'n rhaid bod deng mil o goed derw'n cymryd tipyn o le.

Roeddwn wedi gweld gormod o ddynion yn marw yn ystod y pum mlynedd flaenorol fel mai peth digon hawdd oedd dychmygu fod Elzéard Bouffier yntau wedi marw, yn enwedig o gofio sut mae rhywun ugain oed yn ystyried nad oes gan bobl sydd dros eu hanner cant fawr ddim rhagor i'w gyflawni – heblaw marw.

Doedd o ddim wedi marw. Fel mae'n digwydd, roedd yn hynod o heini. Roedd wedi newid ei waith. Bellach, nid oedd ganddo ond pedair dafad, ond, yn lle bugeila defaid, roedd ganddo gant o gychod mêl. Roedd wedi cael gwared â gweddill y ddiadell oherwydd eu bod yn bygwth ei goedydd ifainc. Oherwydd (ac mi welais hynny drosof fy hun) nid oedd y rhyfel wedi mennu dim arno. Roedd wedi dal ati'n ddyfal i blannu.

Roedd coed derw 1910 bellach yn ddeng mlwydd oed ac wedi tyfu'n dalach na'r un ohonom. Roedd yn olygfa drawiadol. Fe'm trawyd yn fud yn wir, a chan nad oedd yntau'n siarad, dyma ni'n treulio'r diwrnod cyfan dan

gerdded mewn tawelwch drwy'r goedwig. Gorweddai honno mewn tair adran roedd yn mesur un gilometr ar ddeg ar ei hyd a thair cilometr ar ei lletaf. Wrth gofio mai o ddwylo ac enaid yr undyn hwn yr oedd y cyfan wedi deillio, heb adnoddau technegol, gallai rhywun ddeall yn well sut y mae dynion yn gallu bod yr un mor effeithiol â Duw mewn meysydd heblaw am ddinistr.

Roedd wedi glynu wrth ei gynllun, ac i ategu hyn, roedd coed ffawydd cyfuwch â'm hysgwydd yn ymestyn cyn belled ag y gwelai'r llygad. Dangosodd imi lwyni bedw praff a blannwyd bum mlynedd ynghynt – sef ym 1915 – pan fues i wrthi'n ymladd yn Verdun. Roedd wedi'u gosod ym mhob un o'r cymoedd lle'r oedd wedi amau – ac roedd yn llygad ei le – fod lleithder i'w gael bron wrth wyneb y ddaear. Roeddent mor eiddil â merched ifainc ac, erbyn hyn, wedi hen fwrw'u gwreiddiau.

Rhyw gadwyn greadigol oedd ar waith yma. Doedd o ddim yn gorfod poeni amdani, dim ond dal ati'n ddyfal benderfynol â'r dasg yn ei holl symlrwydd. Ond, wrth i ni ddychwelyd tuag at y pentref, mi welais ddŵr yn llifo mewn nentydd a oedd yn sych ers cyn cof. O'r rhai a welswn, hon oedd y ddolen yn y gadwyn greadigol a wnaeth yr argraff fwyaf arnaf. Ryw dro, ers talwm, buasai'r nentydd sychion hyn yn llawn dŵr. Roedd rhai o'r pentrefi diflas y soniais amdanynt o'r blaen wedi'u codi ar safleoedd aneddiadau

Rhufeinig hynafol, gyda'u holion i'w gweld o hyd; ac roedd archeolegwyr a fu'n chwilota yn yr ardal wedi cael hyd i fachau pysgod lle, yn yr ugeinfed ganrif, bu angen sestonau i ddarparu'r cyflenwad dŵr lleiaf.

Gwasgaru hadau hefyd a wnâi'r gwynt. Wrth i'r dŵr ailymddangos, felly yr ailymddangosai helyg, brwyn, dolydd, gerddi, blodau, a rhyw bwrpas i fod yn fyw. Ond mor raddol y bu'r trawsnewid nes iddo ddod yn rhan o'r patrwm heb beri unrhyw syndod. Byddai helwyr, yn dringo i'r diffeithwch ar drywydd sgwarnogod neu faeddod, gan sylwi, wrth gwrs, ar dwf sydyn y coedydd bach, ond roeddent wedi priodoli hyn i un o gastiau naturiol y ddaear. Dyna pam na fu neb yn ymyrryd â gwaith Elzéard Bouffier. Pe bai rhywun wedi'i ddarganfod, gallai fod wedi cael ei wrthwynebu. Aeth heb ei ddarganfod. Pwy yn y pentrefi neu yn y weinyddiaeth a allai fod wedi breuddwydio am y fath ddyfalbarhad neu am y fath haelioni ysgubol?

Er mwyn cael unrhyw fath o syniad o'r cymeriad eithriadol hwn, rhaid i ni beidio ag anghofio iddo weithio ar ei ben ei hun yn llwyr: i'r fath raddau nes iddo, tua diwedd ei oes, golli arferion llefaru. Neu, efallai, iddo weld nad oedd eu hangen arno bellach.

Y̶M 1933, cafodd ymweliad gan goedwigwr a'i hysbysodd am orchymyn yn gwahardd cynnau tanau yn yr awyr agored, rhag ofn peryglu twf y fforest *naturiol* hon. Dyma'r tro cyntaf, meddai'r coedwigwr wrtho'n ddiniwed i gyd, iddo glywed am goedwig yn tyfu ar ei liwt ei hun. Ar yr adeg honno, roedd Bouffier ar fin plannu coed ffawydd mewn mangre rhyw ugain cilometr o'i fwthyn. Er mwyn osgoi teithio'n ôl a blaen – roedd o bellach yn bymtheg a thrigain oed – ei fwriad oedd codi caban cerrig wrth y blanhigfa ei hun. A'r flwyddyn ganlynol, felly y bu.

Ym 1935, daeth dirprwyaeth fawr o'r Llywodraeth i edrych ar y 'fforest naturiol'. Roedd y ddirprwyaeth yn cynnwys uwch swyddog o'r Gwasanaeth Coedwigaeth, cynrychiolydd seneddol, a thechnegwyr, a rhyngddynt i gyd ni fu prinder malu awyr, coeliwch chi fi. Penderfynwyd bod yn rhaid gwneud rhywbeth ac, yn ffodus ddigon, ni wnaethpwyd dim, ac eithrio'r unig beth a wnâi unrhyw fudd; rhoddwyd y fforest gyfan o dan warchodaeth y Wladwriaeth, a rhoddwyd gwaharddiad ar losgi golosg. Roedd yn amhosibl peidio â chael eich cyfareddu gan harddwch yr holl goed ifanc, yn braff ac yn iach. Bwrient eu swyn dros bawb, gan gynnwys y cynrychiolydd seneddol ei hun.

Roedd ffrind imi ymhlith swyddogion coedwigaeth y ddirprwyaeth, a dyma fi'n penderfynu eyluro'r dirgelwch iddo. Yr wythnos ganlynol, aethom gyda'n gilydd i weld Elzéard Bouffier. Cawsom hyd iddo wrthi'n ddiwyd ryw ddeg cilometr o'r man lle'r oedd yr arolwg wedi'i gynnal.

Roedd y coedwigwr hwn yn gyfaill imi, ac nid heb reswm chwaith. Roedd o'n gallu nabod rhywbeth gwerthfawr pan ddeuai ar ei draws. Gwyddai'n iawn sut i gadw'n dawel hefyd. Dyma ni'n tri'n rhannu ein cinio gan dreulio sawl orig yn syllu'n fud ar y wlad o'n cwmpas.

Draw, lle daethom, roedd y llethrau wedi'u gorchuddio â choed ugain i bum troedfedd ar hugain o uchder. Cofiwn sut olwg oedd ar y tir ym 1913 – anialdir yng ngwir ystyr y gair. Roedd llafur digynnwrf, cyson; awyr iach y mynyddoedd; cynildeb ei ffordd-o-fyw ac, yn anad dim, ei ysbryd llonydd, wedi sicrhau cyflwr iechyd rhyfeddol i'r henwr hwn.

Cyn i ni ymadael, dyma fy ffrind yn cynnig ambell awgrym cynnil am rai rhywogaethau coed a fyddai'n arbennig o addas i'r pridd yn yr ardal hon. Fuodd o ddim yn rhy ymwthiol. "Am y rheswm syml," meddai wrthyf yn nes ymlaen, "fod Bouffier yn gwybod llawer iawn mwy amdani na fi." Ar ôl cerdded am ryw awr – a chnoi cil ar y mater – ychwanegodd: "Mae o'n gwybod llawer iawn mwy amdani na neb. Mae o wedi darganfod ffordd wych o fod yn hapus!"

Diolch i'r swyddog hwn, nid y fforest yn unig a ddiogelwyd ond hapusrwydd y dyn a'i creodd yn ogystal. Dirprwyodd fy nghyfaill y dasg o ofalu amdani i dri choedwigwr. Cododd y fath ofn arnynt nes iddynt aros mor gadarn â'r graig yn wyneb pob potelaid o win y byddai'r llosgwyr golosg yn ei chynnig iddynt.

Yr unig dro y bu'r gwaith mewn perygl go-iawn oedd yn ystod yr Ail Ryfel Byd. Gan fod ceir yn cael eu rhedeg ar *gazogene* (peiriannau oedd yn troi coed yn nwy), ni fyddai byth ddigon o goed i'w cael. Dechreuwyd torri coed derw 1910, ond roedd yr ardal mor bell o unrhyw reilffyrdd neu

briffyrdd, buan iawn y sylweddolwyd nad oedd y fenter yn gynhaliol yn ariannol. Rhoddwyd y gorau iddi. Ni welodd y bugail ddim byd ohoni. Roedd yntau'n parhau yn ei waith ryw ddeg cilometr ar hugain i ffwrdd, gan anwybyddu'r Ail Ryfel Byd a ddaethai ym 1939 yn yr un modd ag yr oedd wedi anwybyddu'r un cyntaf yn ôl ym 1914.

MI welais Elzéard Bouffier am y tro olaf ym mis Mehefin 1945. Erbyn hynny roedd yn saith a phedwar ugain oed. Roeddwn i wedi dechrau'n ôl ar hyd y ffordd drwy'r anialdiroedd ond, erbyn hyn, er gwaetha'r anhrefn a achoswyd gan y rhyfel, roedd yna fws yn rhedeg rhwng Dyffryn Durance a'r mynydd. Mi briodolais y ffaith nad oeddwn i bellach yn nabod golygfeydd fy nheithiau cynharach i gyflymdra cymharol y cludiant. Roedd yn ymddangos imi hefyd fel pe bai'r ffordd yn mynd â fi drwy diriogaeth hollol newydd. Dim ond wrth gael cip ar enw ambell bentref y dechreuais gredu o ddifri fy mod yn y rhanbarth hwnnw lle gynt y bu cynifer o adfeilion a diffeithwch.

Mi es i oddi ar y bws yn Vergons. Ym 1913, dim ond tri o bobl oedd yn byw yn y pentref bach hwn â'i ddeg neu ddeuddeg o dai. Creaduriaid digon anwar oeddynt, yn casáu'i gilydd, gan fyw drwy hela hynny a fedrent, heb fod fawr o wahaniaeth rhyngddynt, yn gorfforol nac o ran eu moesau chwaith, a phobl oes yr arth a'r blaidd. Ym mhob man o'u cwmpas, roedd danadl poethion yn llarpio olion yr hen dai gweigion – nid y fagwrfa i ennyn ymddygiad rhinweddol.

Roedd popeth wedi newid. Hyd yn oed yr awyr. Yn lle'r gwyntoedd sychlym a arferai ymosod yn ffyrnig arnaf, chwythai awel dyner, yn drwch o arogleuon persawrus. Deuai sŵn fel dŵr o'r mynyddoedd – sŵn y gwynt yn y goedwig. Mi glywais i sŵn dŵr go-iawn hefyd yn disgyn i bwll. Mi welais fod ffynnon wedi'i chodi, a'i bod yn llifo'n ddiatal, a'r hyn a'm cyffyrddodd fwyaf oedd sylwi bod rhywun wedi plannu gwaglwyfen wrth ei hymyl – gwaglwyfen a oedd, siŵr o fod, tua phedair blwydd oed, ei dail eisoes yn eu llawn dwf, symbol diymwad o'r atgyfodiad.

Ar wahân i hynny, roedd olion i'w gweld yn Vergons o'r math o fentrau nad ewch chi i'r afael â nhw oni bai eich bod yn berson gobeithiol. Roedd gobaith, felly, wedi dychwelyd. Roedd yr adfeilion wedi'u clirio, hen waliau drylliog wedi'u dymchwel a phump o dai wedi'u hadnewyddu. Bellach,

roedd wyth ar hugain o drigolion, pedwar ohonynt yn barau priod ifainc. O gwmpas y tai hyn, pob un newydd eu plastro, roedd gerddi lle y tyfai rhyw ddrysni trefnus yn llysiau ac yn flodau, gyda bresych a rhosod, cennin a thrwyn y llo, seleri a blodau'r gwynt yn gymysg oll i gyd. Roedd bellach yn bentref yr oedd pobl am symud i fyw ynddo.

O'r fan honno, mi es i yn fy mlaen ar droed. Newydd orffen roedd y rhyfel, a bywyd heb eto ailflaguro'n llwyr, ond roedd Lasarus wedi codi o'r bedd. Ar lethrau isa'r mynydd, gwelwn gaeau llawn barlys a rhyg; yng nghilfachau'r cymoedd cul, roedd y gweirgloddiau'n dechrau glasu.

Dim ond wyth mlynedd y mae wedi'i gymryd ers hynny i ryw wrid iachus a llewyrchus ymledu dros y wlad. Ar safle'r adfeilion a welais ym 1913 y mae ffermydd newydd bellach yn sefyll, wedi'u plastro'n lân, gan dystio i fywyd dedwydd a chysurus. Mae'r hen nentydd, sy'n cael eu bwydo bellach gan y glaw a'r eira a ddelir gan y fforest, unwaith eto'n llifo. Mae eu dyfroedd wedi'u sianelu. Ar bob fferm, yng nghanol y gellïoedd masarn, mae ffynhonnau a llynnoedd yn gorlifo dros garpedi o fintys ffres. O dipyn i beth, mae'r pentrefi wedi'u hailgodi. Mae pobl o'r gwastadeddau lle mae'r tir yn ddrud, wedi setlo fan hyn, gan ddod â phobl ifainc a

chynnwrf ac ysbryd anturus yn eu sgil. Ar hyd y ffyrdd, byddwch yn taro ar ddynion a gwragedd, merched a meibion calonnog sy'n deall sut i chwerthin ac sydd wedi ailgydio mewn rhyw awydd mawr am bicnics. Gan gyfri'r boblogaeth a fu yma gynt, nad oes modd eu hadnabod bellach a hwythau'n byw'n ddedwydd iach, mae dros ddeng mil o bobl yn ddyledus i Elzéard Bouffier am eu hapusrwydd.

Pan fydda i'n meddwl sut y gallodd un dyn, a hwnnw wedi'i arfogi â'i adnoddau corfforol a moesol yn unig, beri i'r Ganaan hon ffynnu o'r diffeithwch, dwi'n hollol sicr, er gwaethaf popeth, bod dynoliaeth yn medru bod yn destun

edmygedd. Ond pan fydda i'n ystyried mewn difri y mawredd ysbryd a'r cymwynasgarwch gwydn y bu eu hangen i gyflawni'r llyfeddod hwn, mae fy mharch at yr hen werinwr diaddysg yn aruthrol. Gallodd gyflawni gwaith y byddai Duw ei hun yn deilwng ohono.

Bu farw Elzéard Bouffier yn dawel ym 1947 mewn hospis yn Banon.

ÔL-NODYN

Hanes Jean Giono

gan Norma L. Goodrich

MI wnes i fagu digon o blwc i alw gyda Jean Giono ym Manosque, Profens, am 11.00 y bore, 15 Awst,1970. Ei ferch hynaf, Aline Giono, oedd yno o Baris am ychydig ddyddiau, a'm hebryngodd i'r ardd yn eu cartref ar ochr y bryn. Ac yntau erbyn yr adeg hon yn marw o glefyd y galon, dyna lle'r eisteddai Jean wrth fwrdd. Ni fedrai gerdded bellach, fel y dywedodd wrthyf yn syth. Ni fedrwn innau gredu wrth glywed traw diwylliedig ei lais, oherwydd gwyddwn yn iawn mai dyn hunanaddysgedig ydoedd. Nid wyf erioed wedi dod dros yr olwg a ges i arno y bore hwnnw. Y fath harddwch rhyfeddol – yn denau, yn benarian, yn osgeiddig ac yn eiddil ei wedd, yn fochgoch, a chanddo lygaid glas cycyllog, fe wisgai'n gyfforddus – trowsus meddal a chrys porffor. Heb oedi dim, lansiodd i ryw drafodaeth loyw a hyddysg am lyfrau, beirniaid, awduron, Profens, ei gartref, ei fywyd a'i greadigedd. Bu'n ymbil arnaf i aros gan fynnu fy mod yn addo dychwelyd. Mi addewais y gwnawn hynny y diwrnod cyntaf hwnnw, a minnau'n drymlwythog dan roddion ar ffurf gwaith anghyhoeddiedig o'i eiddo neu a gyhoeddwyd ganddo'n breifat, a anfonais yn ddiymdroi at Lyfrgell Butler, Prifysgol Columbia. Lai na deufis yn ddiweddarach, bu farw Jean, hanner y ffordd drwy ei bymthegfed flwyddyn a thrigain.

Bu Jean yn byw bron y cydol o'i fywyd bron yn ninas fechan Manosque. Crydd, yn tynnu 'mlaen, oedd ei dad ac yn ôl yr hyn a ddywed wrthym yn ei nofel gyntaf *Jean le Bleu,* (Siôn Las) bu ei fam yn rhedeg busnes golchi â llaw.

Trigai'r teulu o dri yma mewn rhai o'r fflatiau distadlaf yn y ddinas lle nad oedd gan y plentyn ond golygfa "las" i lawr i'r ffynnon neu i'r cwrt. Yn un ar bymtheg oed, ac yntau'n dod yn brif gynheiliad y teulu, gadawodd Jean yr ysgol gan fynd i glercio mewn banc. Ddeunaw mlynedd yn ddiweddarach, ym 1929, cyhoeddodd ei ddwy nofel gyntaf, *Colline* ac *Un de Baumugnes*, y ddwy'n derbyn croeso anhygoel – diolch, yn rhannol, i nawdd a ddaeth yn uniongyrchol gan André Gide.

Flynyddoedd yn ddiweddarach, dyma Jean yn dwyn i gof y trobwynt yn ei fywyd, yr ennyd honno brynhawn 20 Rhagfyr, 1922, pan allai sbario digon o geiniogau i brynu'r llyfr rhataf y gallai gael hyd iddo – copi o gerddi Fergil. Nid anghofiodd erioed ryferthwy cyntaf ei egni creadigol yntau – "Cododd fy nghalon fel ehedydd," meddai.

Dan chwerthin, soniodd Jean am sut yr oedd pobl ym Mharis wedi anfon holiaduron ato oherwydd nad oeddynt am ddarllen ei lyfrau. Ond o edrych ar rai o'r dogfennau hyn a atebwyd ganddo, gallwn glywed ei lais a'i hwyliau pryfoclyd arferol: Fy nelfryd o ran hapusrwydd? *Heddwch.* Fy hoff arwr ffuglen? *Don Quixote.* Fy hoff gymeriad hanesyddol? *Machiavelli!* Pwy yw f'arwres mewn bywyd go-iawn? *Does yr un arwres mewn bywyd go-iawn.* Fy hoff arlunydd? *Goya.* Fy hoff gyfansoddwr? *Mozart.* Fy hoff fardd? *Villon, Baudelaire.* Fy hoff liw? *Coch.* Fy hoff flodyn? *Cenhinen Bedr.* Prif nodwedd fy nghymeriad? *Haelioni, Ffyddlondeb.* Fy mhrif fai? *Y celwydd golau.* Beth ydw i eisiau bod? *Trugarog.* Fy newis alwedigaeth? *Ysgrifennu.*

O wybod am ei deithi meddwl unigryw – idiosyncratig, yn wir – nid wyf yn synnu i Jean gael anawsterau gyda'r golygyddion Americanaidd a ofynnodd iddo, ym 1953, ysgrifennu ychydig dudalennau am gymeriad bythgofiadwy. Mae'n debyg bod y cyhoeddwr eisiau stori am gymeriad bythgofiadwy go-iawn, tra bo Jean wedi dewis ysgrifennu rhai tudalennau am y cymeriad, yn ei dyb ef, a fyddai'r un mwyaf bythgofiadwy. Pan gafodd ei gollfarnu am nad oedd neb o'r enw "Bouffier" wedi marw yn yr hosbisyn Banon, treflan fechan yn y mynyddoedd, dyma Jean yn gollwng ei ysgrif i'r byd a'r betws. Toc ar ôl i'r stori gael ei gwrthod, fe'i derbyniwyd gan *Vogue* a'i chyhoeddi ym mis Mawrth 1954 fel 'Y Dyn a Blannodd Obaith ac a Dyfodd Hapusrwydd.'

Yn ddiweddarach, ysgrifennodd Jean at un o America oedd yn edmygu'r stori, gan ddweud mai ei amcan wrth greu Bouffier oedd "gwneud i bobl garu coed, neu, yn fwy penodol, gwneud iddynt *garu plannu coed*."

O fewn ychydig flynyddoedd, sgubodd y stori am Elzéard Bouffier ar hyd ac ar led y byd, ac fe'i cyfieithwyd i ddwsin a rhagor o ieithoedd. Bu'n ysbrydoliaeth ers hynny i ymdrechion ailgoedwigo byd-eang.

Gwelwn o frawddeg agoriadol y stori sut mae Jean yn dehongli'r gair "cymeriad". Dyma unigolyn nad oes modd ei anghofio os yw'n anhunanol, yn hael y tu hwnt i bob mesur, un yn gadael ei farc ar y ddaear heb feddwl am dderbyn gwobr. Credai Jean iddo yntau adael ei farc ar y byd pan ysgrifennodd hanes Elzéard Bouffier oherwydd ei fod wedi ei rhoi i ffwrdd er lles pobl eraill, heb boeni am dâl. "Hon yw un o'r storïau dwi fwya balch ohoni. Dwi ddim yn cael yr un ddimai goch amdani a dyna sut mae wedi cyflawni'r bwriad gwreiddiol."

Yn *Y Dyn a Blannai Goed*, dechreuodd antur yr awdur ym mis Mehefin 1913 pan oedd ar daith gerdded drwy hen dalaith Rufeinig Iŵl Cesar, Profens, talaith sy'n dal i ddwyn yr un enw. Wrth i Jean ymlwybro ar hyd y gwastadedd uchel, gwag a gwyllt, clywai'r gwynt yn sgyrnygu fel llew dros yr adfeilion a orweddai fel celanedd du, ac yn rhuthro fel tonnau'r cefnfor dros yr ucheldir. Yn ofnus ac yn ddiymgeledd, gwelai rithiau megis ffurf ddu esgyrnog gwraig yn ei galar a gamgymerwyd ganddo am goeden farw. Cyfarfu â bugail, gofalwr yn gwasanaethu'i braidd, un o'r dynion unig hynny sydd bob amser yn gysylltiedig ag oedfaon â Rhagluniaeth. Erbyn diwedd y Rhyfel Byd Cyntaf, roedd yr un bugail wedi troi'n wenynwr a hwnnw eisoes yn ymdebygu i Dduw mewn ystyr fwy cyfyngedig drwy'i allu i greu daear newydd. Roedd yn plannu coed derw, ffawydd a bedw. Yn wyrthiol, cedwid y dŵr, ac ail-lenwodd gwelyau sychion y nentydd ac eginodd hadau'n erddi, yn ddolydd ac yn flodau. Ym 1933, roedd y plannwr coed, pymtheg a thrigain oed, yn amlwg yn un o athletwyr Duw. Ar ôl yr Ail Ryfel Byd, gwelodd yr awdur bentrefi newydd yng Nghanaan lle, ym 1913, buasai'r cwbl yn ddiffaith. Roedd y bugail wedi cyflawni'i waith unig, a gobeithiai Jean iddo yntau hefyd gyflawni'r gwaith hwnnw. Roedd y ddau'n gobeithio bod yn deilwng o Dduw.

Mae'r enw Elzéard yn dwyn i gof rhyw hen broffwyd

Hebraeg anghofiedig, efallai, dyn doeth neu frenin o'r dwyrain. Mae'r cyfenw Bouffier yn golygu, yn y Ffrangeg, rywbeth mawreddog: *bouffi, bouffé*, hynny yw, yn chwyddedig fel dyn pwysig neu wedi'i chwyddo fel y gwynt neu gwmwl yn yr awyr. Yn rhyfedd ddigon, bydd hen arwr o'r fath yn ymddangos yn y rhan fwyaf o ffuglen gynnar Jean, yn aml yn fugail, neu'n rhyw alcoholig hybarch, yn storïwr, yn hen was, neu'n hogwr cyllyll ond, fel arfer, bydd yng nghwmni anifeiliaid – defaid, gwenyn, tarw, hydd, broga neu sarff. Yn eu deliriwm, bydd hynafgwyr o'r fath yn clywed llais Duw'n uniongyrchol neu lais ryw hen dduwdod Groegaidd oesol, megis Pan yn ei holl ogoniant. Rhaid i ni feddwl am yr hen ddynion hyn â'u hamryfal ddoniau fel ymgorfforiad o'r duwiau creadigol, sy'n gynhenid i fro hynafol Profens. Yn y fro honno gellid credu eu bod yn dal i gyfrannu o'u doethineb, o'u gwybodusrwydd am amaethyddiaeth, ac o'u neges am fywyd – yr hwn nad oes modd ei ddinistrio. Ac yno y bônt, pob un yn dysgu fel Dionysus gynt, am y dirgelwch amhrisiadwy hwnnw, mai o linach y ddaear y mae dynoliaeth yn hannu.

O'r 1920au ymlaen, bu Jean o hyd yn canmol y cytgord yma lle byddai bodau dynol yn gwarchod ac yn cyfoethogi'r ddaear gan gydfodoli â'r anifeiliaid, y ddwy rywogaeth yn cael eu cyfoethogi yn eu tro gan fyd tawel, os hyfyw ac ymatebol, y planhigion a'r llysiau. Bu Jean hefyd yn canmol gwaith a wnaethpwyd mewn unigedd. O'r man hwnnw y deillia creadigedd ac, yn arbennig yn achos dynoliaeth, dyma'r man lle dechreuir mynegi tosturi a thrueni.

Yn ôl Jean, pan fyddwn ni'n gallu mynegi trueni dros

afon fyw sy'n cael ei thagu gan argae, neu drueni dros y creadur diymadferth, dioddefus a leddir gan greulondeb dynol ryw, yna, byddwn yn ymdebygu i'r hen dduwiau sy'n dal i edrych i lawr arnom o Fynydd Olympws. Oni ddylem estyn ein tosturi i'r goedwig cyn iddi gael ei chymynu gan y coedwyr? Nid rhywbeth gwreiddiol yn llenyddiaeth Ffrainc yw'r syniad hwn, wrth gwrs, gan y gallasai Jean fod wedi dod ar ei draws yn blentyn, efallai, wrth ddarllen storïau La Fontane yn yr ysgol. Ategwyd ei syniadaeth gan ei hoff apostolion natur Americanaidd, Walt Whitman a Henry David Thoreau.

Dichon ein bod yn gyfarwydd ag awduron sy'n mynegi eu cariad tuag at anifeiliaid ac sy'n ein hannog i'w trin â charedigrwydd a pharch. Heblaw am Jean, rydym yn llai cyfarwydd â'r awduron hynny sy'n ystyried byd y llysiau'n gyfradd â byd yr anifeiliaid. Dechreusom gydnabod rhyw ymgyfeillachu newydd â byd tawel y llysiau, a hynny oherwydd ei allu i buro ac i adnewyddu'r ddaear o'n cwmpas, oherwydd ei fod yn ein cysuro, ac oherwydd ei fod yn ein helpu i ddygymod â marwolaeth.

Yn *Solitude de la pitié* (1932) mae Jean yn dangos hyn i gyd drwy adrodd wrthym ni lwyth o storïau chwerwfelys. Un tro, meddai un stori, roedd yna hen werinwr eiddil o'r enw Jofroi a werthodd ei berllan eirin gwlanog i'w gymydog, Fonse, er mwyn prynu cynllun pensiwn iddo'i hun a'i hen wraig ffwdanus, Barbe. Popeth yn dda, hyd y diwrnod hwnnw y penderfynodd Fonse fod y coed eirin wedi'u heintio ac yn hen, ac, ar ben hynny, ei bod yn bryd iddo eu torri. Wedyn, ac yntau wedi digalonni'n llwyr, dyma

Jofroi'n mynd ati i geisio lladd ei hun, ond byddai'n cael ei rwystro bob tro gan Barbe. Ni allai Jofroi fyth ddal rhag egluro i'r neb a chanddo glustiau i wrando mai ei goed ef oedd y rhain, mai coed yr oedd e wedi'u plannu a'u dyfrio â llaw oeddynt ac mai ef oedd yn dal i fod yn berchen arnynt – a hynny am byth.

Mewn stori arall o'r casgliad, stori a allai ddwyn y teitl "Gwlad y Cymynwyr Coed', mae Jean yn adrodd sut y daeth i fugail ifanc ryw ddiwrnod alw ar ei ffrind, Firmin, mewn man anghysbell yn y bryniau. Yn y diwedd, dyma'r ddau gyfaill yn methu â dioddef gwrando ar wraig Firmin yng nghanol ei gwewyr esgor. Felly, dyma nhw'n cerdded yr holl ffordd i lawr i'r dyffryn, gan ddadwreiddio clamp o gypreswydden fawr, a'i llusgo bob cam yn ôl i fyny i gartref ei ffrind yn y bryniau.

Dyma nhw'n ei phlannu wrth y drws ffrynt, lle y gallai Madelon, gwraig Firmin, ei chlywed yn canu yn y gwynt. Bedyddiwyd ei baban yn ei chysgod. Byrlymai'r goeden yn y corwyntoedd sychion, fel nant yn y nen. Bu farw Firmin... a Madelon hithau. Ni ddaeth y bachgen byth yn ôl o'r rhyfel. Yno mae'r goeden o hyd.

Fe ymddengys mai bwriad Jean i ysbrydoli rhaglen ailgoedwigo a fyddai'n adnewyddu'r ddaear gyfan yw hanfod y stori hyfryd am Elzéard Bouffier. Mae hanes y bugail dychmygol – sy'n talu teyrnged i'r Americanwyr drwy ei chysylltiad â'r cymeriad go-iawn hwnnw, Johnny Appleseed – yn ymdroelli ac yn ymlwybro o'r gorffennol a'r presennol, gan fynd â ni tuag at y dyfodol lle y ceir cenedlaethau newydd a gwell. Enw Jean ar ei obaith am y dyfodol oedd *espérance*, gobeithlonrwydd, ond nid *espoir*, y gair gwrywaidd am obaith; benywaidd yw *espérance* sy'n dynodi'r cyflwr parhaol o fyw eich bywyd mewn llonyddwch gobeithiol. Ble mae tarddiad ffynnon *espérance*, gofynnai Jean?

Penderfynodd Jean mai llenyddiaeth a barddas oedd tarddiad gobeithlonrwydd. Nid yw awduron ond yn ysgrifennu. Felly, a bod yn deg, mae dyletswydd arnynt i arddel gobeithlonrwydd, yn dâl am eu hawl i fyw ac i ysgrifennu. Rhaid bod bardd yn gwybod yn iawn beth yw effaith ledrithiol rhai geiriau arbennig: gwair, glaswellt, dolydd, helyg, afonydd, conwydd, mynyddoedd, bryniau. Yn nhyb Jean, mae pobl wedi dioddef cyhyd dan do, nes eu bod wedi anghofio sut i fod yn rhydd. Ni chrëwyd bodau dynol i fyw am byth mewn twneli tanddaearol a fflatiau uchel, oherwydd onid yw eu traed yn ysu am frasgamu drwy laswellt uchel, neu lithro drwy ddŵr rhedegog? Cenhadaeth y bardd yw ein hatgoffa am harddwch, am y coed yn siglo yn yr awel, neu binwydd yn griddfan o dan eira ym mwlch y mynydd, am geffylau gwynion gwyllt yn carlamu drwy donnau'r môr.

Wyddoch chi, meddai Jean wrthyf, mae yna adegau hefyd mewn bywyd pan fo rhaid i rywun ruthro i ffwrdd ar drywydd gobeithlonrwydd.

★ ★ ★ ★

Yn ystod ei fywyd, edrychid ar Jean Giono, a ystyriai'i hun

yn Eidalaidd ac yn Brofensalaidd yn ogystal â bod yn Ffrancwr, fel un o awduron mwyaf ein hoes gan wŷr llên megis Henri Peyre ac André Malraux. Roedd Peyre a Malraux ill dau'n gosod Jean ymhlith llenorion blaenaf llenyddiaeth Ffrangeg yr ugeinfed ganrif – gan ei alw'n brif lenor neu yn eilydd iddo yn y ras: Jean Giono, Montherlant a Malraux a enwyd ganddynt (Malraux a gynhwysai ei enw ef ei hun). Mae hirhoedledd yn hollbwysig i unrhyw awdur, ac mae gweithiau Jean yn dal i gael eu golygu a'u cyhoeddi ar ôl pum deg chwech o flynyddoedd. Ysgrifennodd Jean dros ddeg nofel ar hugain, traethodau niferus, ugeiniau o straeon, lawer ohonynt yn cael eu cyhoeddi fel casgliadau, dramâu a sgriptiau ffilm. Ym 1953, fe'i gwobrwywyd â'r *Prix Monegusque* am ei gyfraniad, ac ym 1954 fe'i hetholwyd i'r *Académie Goncourt* y mae ei deg aelod yn gyfrifol am gyflwyno'r *Prix Goncourt* yn flynyddol.

COED I BAWB

Yr ymgyrch blannu coed fwyaf a welwyd erioed yng Nghymru!

Cyhoeddir y llyfr hwn, ar y cyd rhwng Coed Cadw a Gwasg Carreg Gwalch, fel rhan o ymgyrch newydd Coed i Bawb, a lansiwyd yn hydref 2004.

Dros gyfnod o bum mlynedd, mae Coed Cadw yn anelu at blannu un goeden frodorol ar gyfer pob plentyn o dan 16 oed yng Nghymru – sef 600,000 o goed! Yn bwysicach fyth, mae'r mudiad hefyd yn bwriadu rhoi cyfle i o leiaf 50,000 o blant Cymru blannu coed brodorol eu hunain, a hynny drwy ysgolion, grwpiau cymunedol, achlysuron cyhoeddus a hyd yn oed yn eu gerddi eu hunain.

Amcan yr ymgyrch yw ysbrydoli cenhedlaeth newydd o blant a phobl ifainc i ofalu am yr amgylchedd. Mae Coed Cadw yn gobeithio y bydd y stori hon am y bugail dychmygol Elzéard Bouffier yn helpu i wneud hyn, gan dynnu sylw at bwysigrwydd a gwerth coed i fyd natur, y tirlun a'r gymdeithas ddynol.

Trwy brynu'r llyfr yma, rydych eisoes wedi cefnogi'r ymgyrch hon, gan bod cyfran o werthiant y llyfr yn cael ei roi i Goed Cadw. Ond ar ben hynny, dros y pum mlynedd nesaf, fe fydd yna gyfleoedd i bobl o bob oedran gymryd rhan yn yr ymgyrch, a hynny ar hyd a lled Cymru.

1. Cyfleoedd i blannu coed

Cadwch lygad ar wefan www.treeforall.org.uk/cymru am gyfleoedd i blannu coed yn eich ardal chi. Dros y pum mlynedd nesaf fe fydd Coed Cadw yn creu coetiroedd newydd, ar safleoedd rydym wedi'u prynu, ac ar dir sy'n eiddo i fudiadau ac unigolion eraill. Os hoffech chi wahodd

Coed Cadw i greu coetir fel hyn ar eich tir chi, a fyddech cystal â chysylltu â'r mudiad yn y cyfeiriad isod.

2. Pecynnau gwrych/perth/sietyn a phrysglwyn cyll i ysgolion

Mae Coed Cadw yn cynnig pecynnau o goed am ddim i ysgolion cynradd (a grwpiau ieuenctid eraill). Fe fydd y rhain yn cynnwys naill ai planhigion ar gyfer gwrychoedd/perthi/sietynnau, neu goed cyll i'w plannu fel prysglwyn. Fe gaiff pob ysgol wneud cais am un pecyn o 30 o goed bob blwyddyn, ond fe fydd cyfanswm y pecynnau fydd ar gael bob blwyddyn yn gyfyngedig. Danfonir y pecynnau yn syth at yr ysgol gyda chyfarwyddyd plannu manwl, dwyieithog, ac adnoddau i athrawon a gysylltir â'r cwricwlwm Cymreig. I gofrestru ar gyfer pecyn, ewch i *www.woodland-trust.org.uk/hedge*. Fe fydd rhai ysgolion yn gallu plannu'r coed hyn ar eu tir eu hunain. Fe all rhai eraill eu defnyddio ar safleoedd eraill.

3. Addysg ac ysgolion

Mae Coed Cadw yn datblygu amrediad o adnoddau addysg dwyieithog i gefnogi gweithgareddau mewn ysgolion – gweithgareddau sy'n ymwneud â phlannu coed a phrosiectau coetir. Fe all y mudiad gynnig yr adnoddau a ganlyn i athrawon:

- Adnoddau addysg a phecynnau gweithgareddau am ddim i ysgolion
- Adnoddau fydd ar gael ar y we

Am ragor o wybodaeth ewch i *www.wildaboutwoods.org.uk* Mae Coed Cadw yn ddiolchgar am gefnogaeth ariannol Cyngor Cefn Gwlad Cymru a Chronfa Treftadaeth y Loteri tuag at y prosiect hwn.

4. Siop y Coed Brodorol

A hoffech chi blannu coed yn eich gardd eich hunain? Er mwyn ei gwneud hi'n haws i unigolion i brynu meintiau bach o goed brodorol ar gyfer eu gerddi am brisiau rhesymol, mae Coed Cadw wedi sefydlu gwefan *www.nativetreeshop.com*.

Gobeithio y byddwch chi'n gallu ymuno â Choed Cadw yn yr ymgyrch hwn, ac yn helpu i wireddu breuddwyd Jean Giono ac Elzéard Bouffier.

Coed Cadw (*the Woodland Trust*)
Uned B
Yr Hen Orsaf
Llanidloes
Powys SY18 6EB
Ffôn: 01686 412508
info@coed-cadw.org.uk
www.treeforall.org/cymru
www.coed-cadw.org.uk